Juan and the Chupacabras
Juan y el Chupacabras

By/Por Xavier Garza

Illustrations by/Ilustraciones de
April Ward

Spanish translation by/Traducción al español de
Carolina Villarroel

PIÑATA BOOKS

Piñata Books
Arte Público Press
Houston, Texas

Publication of *Juan and the Chupacabras* is funded by grants from the Clayton Fund, the City of Houston through the Houston Arts Alliance, and by the Exemplar Program, a program of Americans for the Arts in collaboration with the LarsonAllen Public Services Group, funded by the Ford Foundation. We are grateful for their support.

Esta edición de *Juan y el Chupacabras* ha sido subvencionada por el fondo Clayton, por la ciudad de Houston por medio del Houston Arts Alliance, Condado de Harris y por el Exemplar Program, un programa de Americans for the Arts en colaboración con el LarsonAllen Public Services Group, fundado por la Fundación Ford. Les agradecemos su apoyo.

Piñata Books are full of surprises!
¡Piñata Books están llenos de sorpresas!

Piñata Books
An Imprint of Arte Público Press
University of Houston
452 Cullen Performance Hall
Houston, Texas 77204-2004

Initial sketches by Felipe Dávalos
Bosquejo de ilustraciones por Felipe Dávalos

Final illustrations by April Ward
Ilustraciones finales por April Ward

Garza, Xavier.
[Juan and the Chupacabras. English & Spanish]
Juan and the Chupacabras = Juan y el Chupacabras / by Xavier Garza; illustrations by April Ward; translation by Carolina Villarroel.
    p. cm.
Summary: After hearing about their grandfather's boyhood encounter with the Chupacabras, a green, winged creature with glowing eyes, Juan and his cousin Luz decide to find out if the story could be true.
ISBN 978-1-55885-454-3 (alk. paper)
[1. Monsters—Fiction. 2. Grandfathers—Fiction. 3. Spanish language materials—Bilingual.] I. Title: Juan y el Chupacabras. II. Ward, April, ill. III. Villarroel, Carolina. IV. Title.
PZ73.G368 2005
[E]—dc22
                            2004063131
                            CIP

∞ The paper used in this publication meets the requirements of the American National Standard for Permanence of Paper for Printed Library Materials Z39.48-1984.

9 0 1 2 3 4 5 6 7 8   10 9 8 7 6 5 4 3 2

This book is dedicated to the loving memory of my father,
Margarito Garza, who always kept me safe from
the Chupacabras and La Llorona.
—XV

To my mother Nancy, with love.
—AW

Le dedico este libro a la memoria de mi padre,
Margarito Garza, quien siempre me protegió
del Chupacabras y de la Llorona.
—XV

Para mi mamá Nancy, con cariño.
—AW

Grandfather told us about the Chupacabras as we ate roasted corn. "Some people believe the Chupacabras is just a big bird with sharp fangs that drinks the blood of farm animals. They say the Chupacabras steals children from their homes. I myself once stood face to face with this hideous creature, when I was not much older than you two."

"Wow, you really got to see the Chupacabras?" my cousin Luz asked in amazement.

I wondered if the Chupacabras was real.

Abuelo nos contó del Chupacabras mientras comíamos maíz asado. —Algunas personas creen que el Chupacabras es sólo un pájaro grande con filosos colmillos que beben la sangre de los animales de la granja. Dicen que el Chupacabras roba niños de sus casas. Una vez, cuando no era más grande que ustedes dos, yo mismo estuve cara a cara con esa horrenda criatura.

—Uy, ¿en verdad viste al Chupacabras? —preguntó asombrada mi prima Luz.

Me pregunté si el Chupacabras en verdad existe.

"Oh yes," declared Abuelo, "he's real, all right. I looked the Chupacabras right in the eyes. It happened in the cornfield next to our house. Grandma had sent me to get corn to roast. I was being very careful to pick only the good corn, so careful in fact, that I lost track of time. Suddenly, I realized that if I didn't finish up quickly, I would lose what little light I still had left to guide me home. It was then that I noticed some peculiar lights that were flashing in the sky above the cornfield."

—Claro que sí —dijo Abuelo—, es real. Miré al Chupacabras directamente a los ojos. Sucedió en el campo de maíz al lado de nuestra casa. Abuela me había mandado a buscar el maíz para asarlo. Estaba prestando tanta atención en escoger sólo el buen maíz, tan cuidadoso que, de hecho, perdí la noción del tiempo. De repente me di cuenta que si no terminaba rápido, perdería la poca luz que aún tenía para guiarme a casa. Fue entonces que noté unas luces raras que brillaban en el cielo sobre el campo de maíz.

"It seemed to me then as if the lights were doing some sort of dance in the sky as they jumped from side to side. A beam of light suddenly shot down from the peculiar lights, and a single figure on top of a small hill began to take shape just a few feet away from me. That's when I saw it," declared Abuelo rising to his feet and pointing at an apparition that only he could see.

"It was huge," he said, "and I could tell by the way the foul beast was licking its lips with its lizard-like tongue that it was hungry for my blood!"

—Me pareció en ese momento como si las luces estuvieran haciendo algo así como una danza en el cielo mientras saltaban de un lado a otro. De pronto un rayo de luz bajó de esas luces raras y comenzó a formarse la silueta de una figura solitaria en la punta de un pequeño cerro, sólo a unos pocos pies de mí. Ahí fue donde lo vi —dijo Abuelo poniéndose de pie y apuntando a una aparición que sólo él podía ver.

—¡Era inmenso! —dijo—, ¡y pude ver, por la manera en que la asquerosa bestia se relamía los labios con su lengua de lagartija, que quería mi sangre!

"The beast had dark green skin and glowing red eyes the size of two baseballs. It had bat-like wings hanging from its spine, and at the end of the wings were long bony fingers ending in claws! I would have been doomed that day," Abuelo assured us, "had it not been for my sharp thinking and lightning reflexes. Just as the beast prepared to attack, I defended myself using the only weapon I had: a tree branch. Raising it up high, I poked its left eye! As the beast hollered out in pain, I began to run home. I didn't stop to look back. I kept running until I reached the front porch. When I looked back, the Chupacabras was gone."

—La bestia tenía la piel verde oscura y unos ojos brillantes y rojos del tamaño de dos pelotas de béisbol. ¡Tenía alas como de murciélago colgando de su espalda, y sus alas terminaban en unos dedos largos y huesudos como garras! Podría haber muerto ese día —nos aseguró Abuelo— si no hubiese sido por mi aguda inteligencia y veloces reflejos. Justo cuando la bestia se preparaba para atacar, me defendí usando la única arma que tenía: la rama de un árbol. ¡La levanté muy alto y le pinché el ojo izquierdo! Mientras la bestia aullaba de dolor, comencé a correr a casa. No me detuve a mirar atrás ni una sola vez. Seguí corriendo hasta que alcancé el porche de enfrente. Cuando miré hacia atrás, el Chupacabras ya no estaba.

My cousin Luz and I both loved hearing about Abuelo's incredible adventures. Abuelo had faced and beaten many ghosts and goblins! He had even defeated the Llorona, the ghost woman that walks the earth as a tormented soul for having drowned her children.

"I was just a child then, but I remember it like it was yesterday," he revealed one evening. "I woke up and saw her standing right next to my crib! She wanted to steal me, to take me away, but I wasn't about to let that happen! I grabbed my baby bottle and squirted her with warm milk right between the eyes!"

A mi prima Luz y a mí nos encantaba escuchar las increíbles aventuras de Abuelo. ¡Abuelo había encarado y vencido a muchos fantasmas y duendes! Incluso, le había ganado a la Llorona, el fantasma de la mujer que camina sobre la tierra como un alma atormentada por haber ahogado a sus hijos.

—Era apenas un niño entonces, pero lo recuerdo como si fuera ayer, —reveló una tarde—. ¡Desperté y la vi parada junto a mi cuna! ¡Quería raptarme, llevarme lejos, pero yo no iba a permitir que eso sucediera! ¡Tomé mi biberón y le tiré leche tibia justo en medio de los ojos!

"Is the Chupacabras really real?" asked Luz, still doubtful of Abuelo's story.

"It sure is," Abuelo answered. "In fact, the Chupacabras still lives in the same cornfield. He must be pretty mad. He never had a chance to get even with me for poking him in the eye."

With Abuelo's sudden revelation, a plan began to grow in our minds.

—¿En verdad existe el Chupacabras? —preguntó Luz, todavía dudando de la historia de Abuelo.

—Seguro que sí —respondió Abuelo—. De hecho, el Chupacabras aún vive en el mismo campo de maíz. Debe estar bien enojado. Nunca tuvo la oportunidad de vengarse de mí por pincharle el ojo.

Con esa repentina revelación de Abuelo, un plan comenzó a formarse en nuestras mentes.

"Do you really want to go to the cornfield?" I asked Luz.

"Why not, Juan?" she said. "Don't you want to know if Abuelo's story is true?"

"What if he is telling us the truth?" I asked her. "What if the Chupacabras is really out there? What are we going to do?"

"Juan, don't be such a chicken," said Luz. "If the Chupacabras is out there, we'll be ready for him."

"How?" I asked.

"We'll arm ourselves with a slingshot and marbles."

"What good are marbles and a silly slingshot against something like the Chupacabras?"

—¿De verdad quieres ir al campo de maíz? —le pregunté a Luz.

—¿Por qué no, Juan? —dijo—. ¿No quieres saber si la historia de Abuelo es verdad?

—¿Qué tal si *sí* está diciendo la verdad? —le pregunté—. ¿Qué tal si el Chupacabras de verdad está allá afuera? ¿Qué vamos a hacer?

—Juan, no seas miedoso —dijo Luz—. Si el Chupacabras está allí afuera, estaremos listos para enfrentarlo.

—¿Cómo? —pregunté.

—Nos armaremos con una resortera y unas canicas.

—¿De qué nos sirven unas canicas y una tonta resortera para enfrentar a algo como el Chupacabras?

"These aren't ordinary marbles, silly," declared Luz. "These are marbles that I soaked for an entire hour in holy water at the church."

"Does it really help?" I asked.

"It sure does," declared Luz, as she pulled out a bag filled with marbles. "How do you think I managed to win all of these from Roberto?"

Roberto was the best marble player in the neighborhood. Luz had done the impossible by beating Roberto for his prized marble collection. Was holy water my cousin's secret weapon?

"These marbles are magical," said Luz. "They'll protect us from the Chupacabras. All I need is just one direct hit right between the eyes, and we'll have done what even Abuelo wasn't able to do. We will put an end to the Chupacabras once and for all!"

—Éstas no son canicas comunes y corrientes, menso —dijo Luz—. Éstas son canicas que remojé por toda una hora en agua bendita de la iglesia.

—¿De verdad funciona? —le pregunté.

—Seguro que sí —dijo Luz, mientras sacaba una bolsa llena de canicas—. ¿Cómo crees que me las arreglé para ganarle todas éstas a Roberto?

Roberto era el mejor jugador de canicas del barrio. Luz había hecho lo imposible al ganarle a Roberto su preciada colección de canicas. ¿Sería cierto que el agua bendita era el arma secreta de mi prima?

—Estas canicas son mágicas —dijo Luz—. Nos protegerán del Chupacabras. Lo único que necesito es un tiro directo justo en medio de los ojos, y habremos hecho lo que Abuelo no pudo. ¡Le pondremos un final al Chupacabras de una vez por todas!

Once my parents went to sleep, Luz and I made our way silently out of the house. The night was dark, and walking through the cornfield was scary. We heard the owls flapping their wings in the trees. A coyote was howling in the distance.

"What's that?" asked Luz, pointing at a slowly advancing shadow in the distance.

"I can't see what it is," I replied, beginning to tremble.

"The Chupacabras!" Luz cried out when she saw the shadowy creature drawing closer and closer, walking on two hind legs. The figure looked like it was flapping its wings. "It has to be him."

Luz reached into her bag and pulled out a giant marble. She pulled back the thick rubber band of her slingshot and launched the marble at the Chupacabras.

Una vez que mis padres se fueron a dormir, Luz y yo salimos silenciosamente de casa. La noche estaba oscura, y caminar por el campo de maíz daba miedo. Escuchamos a los búhos agitando sus alas en los árboles. Un coyote aullaba a lo lejos.

—¿Qué es eso? —preguntó Luz, apuntando hacia una sombra que avanzaba lentamente en la distancia.

—No puedo ver lo que es, —contesté, comenzando a temblar.

—¡El Chupacabras! —gritó Luz cuando vio que la misteriosa criatura se acercaba más y más, caminando sobre sus dos patas traseras. La figura parecía agitar sus alas—. Tiene que ser él —dijo.

Luz buscó en su bolsa y sacó una canica gigante. Tiró la gruesa banda de goma de su resortera y lanzó la canica al Chupacabras.

Swoosh! The marble soared through the air, twisting and turning in flight in the direction of the figure. It disappeared as if swallowed by the night's shadows. Luz and I waited silently, listening for any sound that would let us know that we had hit our intended target.

"AAARRHHHHG!"

It was the hideous wail of the Chupacabras! Surely it must be the monster's death cry, we thought, as we saw the shadowy figure grab its head and fall down to the ground. Luz had indeed hit the beast. She had hit him right between the eyes!

¡Zumm! La canica se disparó en el aire, girando y moviéndose hacia la figura. Desapareció como si se la hubieran tragado las sombras de la noche. Luz y yo aguardamos en silencio, esperando escuchar cualquier sonido que nos dijera que habíamos dado en el blanco.

—¡AAAYYY!

¡Era el horrible alarido del Chupacabras! Seguro que era el llanto de muerte del monstruo, supusimos mientras veíamos la sombra de la figura tomarse la cabeza y caer al suelo. Luz, de verdad, le había dado a la bestia. ¡Le había dado justo entre los ojos!

"Juan, Luz, get over here, right now!" cried out the Chupacabras, getting back on its feet and demanding that we surrender ourselves to it. The sudden and unexpected voice of the Chupacabras shocked both of us. The Chupacabras was still alive! The marble had had no effect on the beast! What's more, it knew our names, it knew who we were!

Even Luz was scared now. She began running as fast as her legs could carry her. I too fled for my life! Running in front of me, Luz tripped on a tree trunk and fell face first to the ground. I was following too close and tripped right over her.

We were now helpless and at the mercy of the Chupacabras, who was getting closer and closer! We could already hear the beast's heavy breathing!

—¡Juan, Luz, vengan para acá ahora mismo! —gritó el Chupacabras, poniéndose de pie y ordenando que nos rindiéramos a él. La repentina e inesperada voz del Chupacabras nos sorprendió. ¡El Chupacabras aún estaba vivo! ¡La canica no había tenido ningún efecto en la bestia! ¡Además, conocía nuestros nombres, sabía quiénes éramos!

Ahora, hasta Luz estaba asustada. Comenzó a correr tan rápido como pudo. ¡Yo también corrí para salvarme! Luz al correr frente a mí, tropezó con el tronco de un árbol y cayó de cara sobre la tierra. Yo la seguía muy de cerca y tropecé con ella.

¡Estábamos indefensos y a la merced del Chupacabras, que cada vez se acercaba más y más! ¡Ya podíamos escuchar su fuerte respiración!

"Juan! Luz! Stay right where you are," the Chupacabras ordered. "Don't you move an inch!"

"No!" I cried out as I picked up a tree branch. I jumped in front of Luz and stood between her and the Chupacabras. "Keep away," I warned, "or I will poke you in the eye, like Abuelo did!"

"What on earth are you two doing out here?" asked a familiar voice. "Aren't you supposed to be asleep?"

Luz and I stared at each other in amazement.

"Juan, did you notice how much the Chupacabras sounds like your dad?"

I looked up, half hoping to see the Chupacabras instead of my father. Standing above me was Dad, wearing his pajamas and wrapped in a blanket. He was not too happy about the fresh bruise on his forehead.

—¡Juan! ¡Luz! Quédense donde están —ordenó el Chupacabras—. ¡No se muevan ni un centímetro!

—¡No! —grité mientras recogía la rama de un árbol. Salté enfrente de Luz y me interpuse entre ella y el Chupacabras—. ¡Aléjate! —amenacé— ¡o te pincharé un ojo, como lo hizo Abuelo!

—¿Qué demonios hacen aquí? —preguntó una voz familiar—. ¿No se supone que deberían estar dormidos?

Luz y yo nos miramos sorprendidos.

—¿Juan, te diste cuenta que el Chupacabras suena como tu papá?

Levanté la vista, casi deseando ver al Chupacabras en vez de mi padre. Parado frente a mí estaba Papá, vistiendo sus piyamas y envuelto en una manta. No estaba muy contento con el moretón en su frente.

"What in the world are you doing in the cornfield in the middle of the night?"

"We wanted to find the Chupacabras," Luz and I replied together.

Dad's face filled with disbelief as we trembled in fear of our punishment. All of a sudden, he burst out laughing. He laughed so hard that his stomach began to hurt and tears came out of his eyes.

"The Chupacabras," he questioned loudly, "you were waiting for the Chupacabras? Whatever gave you that idea?"

"We wanted to be like Abuelo. This is where he said he fought the monster," I said.

—¿Qué están haciendo en el campo de maíz a medianoche?

—Queríamos encontrar al Chupacabras —Luz y yo contestamos al mismo tiempo.

La cara de papá se llenó de incredulidad mientras nosotros temblábamos de miedo pensando en el castigo. De pronto, se puso a reír. Rió tan fuerte que le dolió el estómago y comenzó a llorar.

—¿El Chupacabras? —preguntó en voz alta— ¿Ustedes estaban esperando al Chupacabras? ¿Cómo se les ocurrió?

—Queríamos ser como Abuelo. Aquí es donde dijo que luchó contra el monstruo —le dije.

Dad smiled and said that we needed to get home. "It's way too cold to be out in the cornfield this late at night."

As we returned home, Luz asked him why the Chupacabras had failed to appear.

"The Chupacabras only comes out when the moon is full, Luz. I guess Abuelo forgot to tell you about that."

Dad sent us to our warm beds and much-needed rest. I guess Mr. Chupacabras will have to wait until we have a full moon. But won't he be even scarier in all that moonlight?

Papá sonrió y dijo que debíamos ir a casa. —Está muy frío para andar en el campo de maíz a esta hora de la noche.

Mientras regresábamos a casa, Luz le preguntó por qué el Chupacabras no había aparecido.

—El Chupacabras sólo sale cuando hay luna llena, Luz. Parece que Abuelo olvidó decirles eso.

Papá nos mandó a nuestras tibias camas y a un muy merecido descanso. Me imagino que el señor Chupacabras tendrá que esperar hasta que haya luna llena. ¿Pero no será aún más espantoso con toda esa luz de luna?

Xavier Garza is a prolific author, artist and storyteller whose work focuses primarily on his experiences growing up in the small border town of Rio Grande City, where he was born. He graduated from the University of Texas, Pan American in 1994 with a Bachelor of Fine Arts in Art. Garza has exhibited his art and performed his stories in venues throughout Texas, Arizona and the state of Washington. Garza lives in San Antonio with his wife, Irma and son, Vincent. He is the author of a story collection for young people, *Creepy Creatures and Other Cucuys* (Piñata Books, 2004) and a picture book for children, *Lucha Libre: The Man in the Silver Mask* (Cinco Puntos Press, 2005).

Xavier Garza es un autor, artista y cuentista prolífico cuyo trabajo se enfoca principalmente en sus recuerdos de la pequeña ciudad fronteriza Rio Grande donde nació. Garza se graduó de la Universidad de Texas, Pan American en 1994 con una licenciatura en arte. Ha exhibido su arte y actuado sus cuentos en varios lugares en Texas, Arizona y el estado de Washington. Garza vive en San Antonio con su esposa, Irma e hijo, Vincent. Es autor de la colección de cuentos para jóvenes, *Creepy Creatures and Other Cucuys* (Piñata Books, 2004) y de un libro para niños, *Lucha Libre: The Man in the Silver Mask* (Cinco Puntos Press, 2005).

April Ward was born and raised in the beautiful Pacific Northwest. She discovered a love of drawing and painting early in life, which led her to move to New York City shortly after graduating high school. She received a Bachelor of Fine Arts from Pratt Institute in Brooklyn, New York, and has been working in children's book publishing ever since. April currently lives in San Diego, California, and works as a designer when not illustrating books. *Juan and the Chupacabras / Juan y el Chupacabras* is her first book with Piñata Books.

April Ward nació y creció al noroeste del bello océano Pacífico. Descubrió su amor por el dibujo y la pintura a muy temprana edad, lo que la motivó a mudarse a Nueva York inmediatamente después de graduarse de la preparatoria. Se recibió del Instituto Pratt en Brooklyn, Nueva York, con un título en arte, y ha estado trabajando en la industria de los libros para niños desde entonces. April actualmente vive en San Diego, California, y trabaja como diseñadora cuando no está ilustrando libros. *Juan and the Chupacabras / Juan y el Chupacabras* es su primer libro con Piñata Books.